后浪

我的青春小鳥

假牙詩集

Little Bird of My Youth

假牙 著

九州出版社
JIUZHOUPRESS

獻給所有我不曾愛過的人

目錄

風

童話

媽媽開花了

案情

他綁架一名天使
把羽毛通通拔光
塞進枕頭套
但願入寢時
夢會很輕
很
輕
很
輕

案情 他绑架一名天使／把羽毛通通拔光／塞进枕头套／但愿入寝时／梦会很轻／很／轻／很／轻

查某

她在眾目睽睽之下走過馬路

查某

她在众目睽睽之下走过马路

無題

他是一個善良的人
他有一個善良的妻子
一個善良的兒子
一個善良的女兒
他養了一隻善良的狗
一隻善良的貓
一缸善良的魚
陽台還擺了一排善良的盆栽

他們都覺得很餓

春天

春天
是忍住小便的新娘

春天
是忍不住小便的新娘

无题　他是一个善良的人／他有一个善良的妻子／一个善良的儿子／一个善良的女儿／他养了一只善良的狗／一只善良的猫／一缸善良的鱼／阳台还摆了一排善良的盆栽／他们都觉得很饿

[illegible]

春天　春天／是忍住小便的新娘／春天／是忍不住小便的新娘

天倫

他收拾行李離家出走
他父母掩嘴偷笑一路跟蹤
多年以後他才尋思出來——
難怪晚上總是覺得床擠

天伦　他收拾行李离家出走／他父母掩嘴偷笑一路跟踪／多年以后他才寻思出来——／难怪晚上总是觉得床挤

班納杜

後來他發覺她媽媽原來是他女兒
她兒子原來是他父親

班纳杜

后来他发觉她妈妈原来是他女儿／她儿子原来是他父亲

新衣

請不要
在我肩上哭泣

新衣

请不要／在我肩上哭泣

感觸

從前有一個國王
忘記了回家的路
他偶一抬頭
看見滿天的星星

感触

从前有一个国王／忘记了回家的路／他偶一抬头／看见满天的星星

小紅帽

祖母只是藉口
她渴望知道森林的祕密
大把純潔可愛伺機發難
狼未必有便宜可佔

小红帽
祖母只是借口／她渴望知道森林的秘密／大把纯洁可爱伺机发难／狼未必有便宜可占

忙

舞后午後舞後乘機趁機大便小便順便閱讀一則關於
她的舞評評舞的人和她有過一手但不算很熟

忙

舞后午后舞后乘机趁机大便小便顺便阅读一则关于她的舞评评舞的人和她有过
一手但不算很熟

放人曲

我要留髮留完歲月*
讓頭蝨繁殖了幾代又幾代
在我人老珠黃的時候
至少不會寂寞
我知道愛是永遠
但一生只有一生
即使情比金堅
咱們終將被自己的肉身所背叛
所以親愛的　要走就走吧

省下告別的繁文縟節
做一切我們在一起時你不能夠做的事
譬如坐牢
用一隻未睜眼的老鼠送酒
和一顆豌豆大被同眠
跳豔舞　加入邪教
或跟別人借個嬰兒在街上討錢
按部就班地失去你的純真
玩到殘
玩到最後一口氣
不要管我
我有我的頭髮要留
我有我的頭蝨要養

謎底九：牙刷

我有我的頭髮要留
我有我的頭蝨要養

*第一句是鍾曉陽的句子

放人曲

我要留发留完岁月*／让头虱繁殖了几代又几代／在我人老珠黄的时候／至少不会寂寞／我知道爱是永远／但一生只有一生／即使情比金坚／咱们终将被自己的肉身所背叛／所以亲爱的　要走就走吧／省下告别的繁文缛节／做一切我们在一起时你不能够做的事／譬如坐牢／用一只未睁眼的老鼠送酒／和一颗豌豆大被同眠／跳艳舞　加入邪教／或跟别人借个婴儿在街上讨钱／按部就班地失去你的纯真／玩到残／玩到最后一口气／不要管我／我有我的头发要留／我有我的头虱要养／我有我的头发要留／我有我的头虱要养

*第一句是钟晓阳的句子

童話後遺症

多年以後
她吻他時的感覺
仍像吻一隻青蛙

童话后遗症

多年以后／她吻他时的感觉／仍像吻一只青蛙

大家合作愉快

你放飛機
我打飛機

謎底六：抽水馬桶

猛男

他終於娶親了
他家的母狗和蛋雞
鄰居的花貓和寮裡養的菜豬
後山的羊和對街八十九歲的寡婦
都大大地鬆了一口氣

天上的鳥兒
也能放心在枝頭停歇

猛男

他终于娶亲了／他家的母狗和蛋鸡／邻居的花猫和寮里养的菜猪／后山的羊和对街八十九岁的寡妇／都大大地松了一口气／天上的鸟儿／也能放心在枝头停歇

鏡子

如果你是我
為什麼你還活著？
如果我是你
為什麼你還活著？
如果你是你
為什麼你還活著？
如果我是我
為什麼你還活著？

分手

咱們分手吧
左手歸你
右手歸我

镜子 如果你是我／为什么你还活着？／如果我是你／为什么你还活着？／如果你是你／为什么你还活着？／如果我是我／为什么你还活着？

分手 咱们分手吧／左手归你／右手归我

生物課

女人是爬蟲類
喜歡盤纏　打盹　產卵
隨時躺成風景
能把世界變得很小變得世界
或有劇毒
容易滲水
繁複的護膚程序以防鱗化
偶爾偽裝成花
晚上很吵

藍藍的天

沿著軌道找你
總是無法湊齊

生物课　女人是爬虫类／喜欢盘缠　打盹　产卵／随时躺成风景／能把世界变得很小变得世界／或有剧毒／容易渗水／繁复的护肤程序以防鳞化／偶尔伪装成花／晚上很吵

蓝蓝的天　沿着轨道找你／总是无法凑齐

非常偵探

你找不到自己的時候找不到鏡子
找不到風的時候找不到謠言
找不到夢的時候找不到絲襪

玫瑰充滿敵意　雲不斷更換口供
每一隻蜘蛛提供的線索都不可靠
每一頭乳牛的地圖都各有說法
每一顆星子都言詞閃爍
每一口窗都是祕密結社
每一個逸去的背影都竊笑

然後你不管啦
不管街燈容易暴露目標
高舉一杯月光釀的酒
不知為何心痛得如此無聊

非常侦探

你找不到自己的时候找不到镜子／找不到风的时候找不到谣言／找不到梦的时候找不到丝袜／玫瑰充满敌意　云不断更换口供／每一只蜘蛛提供的线索都不可靠／每一头乳牛的地图都各有说法／每一颗星子都言词闪烁／每一口窗都是秘密结社／每一个逸去的背影都窃笑／然后你不管啦／不管街灯容易暴露目标／高举一杯月光酿的酒／不知为何心痛得如此无聊

忠告

如果你在走路時一手高舉著一粒青蘋果
另一手的兩根手指塞住鼻孔張大口呼吸
舌頭上躺著話梅
——會有人說你很笨

忠告　如果你在走路时一手高举着一粒青苹果另一手的两根手指塞住鼻孔张大口呼吸舌头上躺着话梅——会有人说你很笨

憶兒時

他母親很胖
他小時候不管怎麼努力
總是無法把她完全抱攏

長大後
他娶了兩個老婆

忆儿时

他母亲很胖／他小时候不管怎么努力／总是无法把她完全抱拢／长大后／他娶了两个老婆

十誡（悼奇洛斯基）

請不要在看電影時搖腳
更不要藍白紅不分
如果你被謀殺　細節會交代清楚
我會買一段繩子和洗臉盆
梳子當口琴吹
法官會偷聽律師開車到郊外的樹林號啕大哭

郵票少了一枚　腎少了一個　心臟爬不上音階
然後你在造愛完畢
感覺另一個自己已經死了

胡言亂語　最好他聽不懂
小女孩回家　敵人可以高枕
爸爸只會製造玩具熊
派牛奶的男孩只會派牛奶
寡婦是天才　獄中的妻子有想象的翅膀
聖誕節我不想吞安眠藥
如果老公死了　孩子就不必打掉
如果孩子死了　我不再玩電腦
鏡頭背後　有人永遠愛你

方舟若傾
我們必再重逢

白夜

Z

十诫（悼奇洛斯基）　请不要在看电影时摇脚／更不要蓝白红不分／如果你被谋杀　细节会交代清楚／我会买一段绳子和洗脸盆／梳子当口琴吹／法官会偷听律师开车到郊外的树林号啕大哭／邮票少了一枚　肾少了一个　心脏爬不上音阶／然后你在造爱完毕／感觉另一个自己已经死了／胡言乱语　最好他听不懂／小女孩回家　敌人可以高枕／爸爸只会制造玩具熊／派牛奶的男孩只会派牛奶／寡妇是天才　狱中的妻子有想象的翅膀／圣诞节我不想吞安眠药／如果老公死了　孩子就不必打掉／如果孩子死了　我不再玩电脑／镜头背后　有人永远爱你／方舟若倾／我们必再重逢

暗戀

她來探訪時他不在家
她於是在廚房的桌面
下了一粒蛋

他毫不知情
煮了當早餐

暗恋 她来探访时他不在家／她于是在厨房的桌面／下了一粒蛋／他毫不知情／煮了当早餐

久違的晚安吻

明明知道是對的
你為什麼還去做？
蹓狗時記得戴上安全套

那一綠一綠的螢幕　我看見鬼
螞蟻搬家　烏龜張開惺忪的眼
如果可能的話　我想大便

跳舞時記得把腳抬高　讓人注意到你
新買的高跟鞋

節省用愛
月光漲價了二十巴仙
我把生日蛋糕埋在後院
一百年後
挖出來的人發達
瀕死前
別忘了倒垃圾

久违的晚安吻　明明知道是对的／你为什么还去做？／遛狗时记得戴上安全套／那一绿一绿的萤幕　我看见鬼／蚂蚁搬家　乌龟张开惺忪的眼／如果可能的话　我想大便／跳舞时记得把脚抬高　让人注意到你／新买的高跟鞋／节省用爱／月光涨价了二十巴仙／我把生日蛋糕埋在后院／一百年后／挖出来的人发达／濒死前／别忘了倒垃圾

淫婦一二三

（一）
天生麗汁難自棄

（二）
你達達的馬蹄是美麗的錯誤*
既然美麗——
咱們一起錯下去吧

（三）
千帆過盡
都是

遲鈍

2突然發覺1和3一直都在身邊
感到非常幸福

*改自鄭愁予的句子

淫妇一二三

（一）天生丽汁难自弃（二）你达达的马蹄是美丽的错误*／既然美丽——／咱们一起错下去吧（三）千帆过尽／都是

迟钝

2突然发觉1和3一直都在身边／感到非常幸福

*改自郑愁予的句子

我夢中來了一頭貓

我夢中來了一頭貓
半夜眼綠綠毛茸茸的竄進被窩
嚇我一跳
牠有尖尖的牙　利利的爪
弄得我全身愛咬
又藉故在我小腹團團轉
說明明沒有忘記給我捎來
一束初綻的寒梅

喵喵喵喵　喵喵喵喵
牠向我報告久別的經歷
關於全世界的屋頂和花園
關於蜥蜴　蟾蜍　薄荷草
喵喵喵喵　喵喵喵喵
牠教我如何品嘗一尾帶刺的魚
喵喵喵
我告訴牠我愛牠
喵喵喵喵喵
我告訴牠我永遠愛牠
牠很感動
給我一個粗粗的吻
然後我們相擁睡去

世界雖冷　我的夢暖乎乎
而且沒有老鼠
清晨你聞到我口氣有偷腥味
那不過是——
我夢中來了一頭貓

我梦中来了一头猫

我梦中来了一头猫／半夜眼绿绿毛茸茸的窜进被窝／吓我一跳／它有尖尖的牙　利利的爪／弄得我全身爱咬／又借故在我小腹团团转／说明明没有忘记给我捎来／一束初绽的寒梅／喵喵喵喵　喵喵喵喵／它向我报告久别的经历／关于全世界的屋顶和花园／关于蜥蜴　蟾蜍　薄荷草／喵喵喵喵　喵喵喵喵／它教我如何品尝一尾带刺的鱼／喵喵喵／我告诉它我爱它／喵喵喵喵喵／我告诉它我永远爱它／它很感动／给我一个粗粗的吻／然后我们相拥睡去／世界虽冷　我的梦暖乎乎／而且没有老鼠／清晨你闻到我口气有偷腥味／那不过是——／我梦中来了一头猫

認真

一朵花在城市
晚餐要吃些什麼？

认真　一朵花在城市／晚餐要吃些什么？

在巴剎遇見一個彈吉他的人

他賣唱維生
要把他的小狗撫養長大
成為一個有用的人

在巴刹遇见一个弹吉他的人

他卖唱维生／要把他的小狗抚养长大／成为一个有用的人

鄉愁

那年去非洲旅行
他爸爸被獅子吃掉
他媽媽被鱷魚吃掉
他弟弟被黑豹吃掉
他妹妹被蟒蛇吃掉
現在每逢想家
他就去參觀動物園

乡愁

那年去非洲旅行／他爸爸被狮子吃掉／他妈妈被鳄鱼吃掉／他弟弟被黑豹吃掉／他妹妹被蟒蛇吃掉／现在每逢想家／他就去参观动物园

溺

謝謝你給我大海一樣的溫柔
讓我湛藍如睡
水底魚群溜溜
陽光晃盪　斑斑迷眼
我的寧靜一如水草的搖移
一如萬劫不復的寬心

溺　谢谢你给我大海一样的温柔／让我湛蓝如睡／水底鱼群溜溜／阳光晃荡　斑斑迷眼／我的宁静一如水草的摇移／一如万劫不复的宽心

霧

凌晨四點出門
看見一朵早啟的玫瑰
和一隻晚歸的貓

雾

凌晨四点出门／看见一朵早启的玫瑰／和一只晚归的猫

難為情

觀音在罌粟的田裡*

难为情

观音在罂粟的田里*

*改自痖弦的句子

*改自症弦的句子

無題

她從小就是一個寡婦
長大後才學會爬樹

无题

她从小就是一个寡妇／长大后才学会爬树

地球是圓的

（一）
我一轉身
就是天涯了

（二）
她千辛萬苦來到世界的盡頭
碰見隔壁賣菜頭粿的阿嫂

（三）
難怪阿芒多摔倒

無題

墮胎後
她身輕如燕

地球是圆的

（一）我一转身／就是天涯了（二）她千辛万苦来到世界的尽头／碰见隔壁卖菜头粿的阿嫂（三）难怪阿芒多摔倒

无题

堕胎后／她身轻如燕

貼身的謎

（一）
徒然的花季
莫神傷
你的燦爛永遠綻放在我的胸膛

（二）
如何敘述一座噴泉呢？
一座偶然狂喜的噴泉啊！

（三）

我用片片相思
為你擦拭月亮
輾轉過了一生　形銷骨立
仍得不到你回眸的淺笑

（四）

由於紛紛墜地的蘋果
我為你抗衡地心吸力
但我按捺不住你的洶湧
也阻擋不了——
那氾濫在季節的最初
暖暖的雪

（五）

你是不是偷偷馴養了一隻樹熊？
一隻野兔？　一隻刺蝟？
或者你鋪滿朝鮮草的庭院
有一株罕見的胡姬？
噓，我一定保守祕密

（六）

你跟什麼人共進燭光晚餐？
你跟什麼人吃過大排檔早餐？
都可以對我盡情傾吐
再有什麼不堪
大鳴大放也不必尷尬

讓我收藏
讓你遺忘

（七）

愛我
如同舌尖上的一枚救生圈
滑翔機將永遠能在你的腹地平安降落
然後你沉沉睡去　不必半夜醒來
因為一定有
櫻花盛開的消息

（八）

那些騙你奶水的東西
那些剝奪你睡眠的東西
那些要你一輩子牽腸掛肚的東西
通通被我逮住了！
你放心爽吧！
你放心爽吧！

（九）

在你的貝殼海中泡泡浴的是我
而人們都以為
薄荷仙子剛吻了你

（十）

伸進一條香蕉
騙出一隻猴子

（十一）

你在我身上填夢
準備郵遞給心上的人
偷窺的月亮事後透露
通篇盡是——
Z Z Z　Z Z Z Z Z Z Z
Z Z Z　Z Z Z Z Z Z Z
清早用膠水緘好
卻不好意思寄出

贴身的谜

(一)徒然的花季／莫神伤／你的灿烂永远绽放在我的胸膛(二)如何叙述一座喷泉呢?／一座偶然狂喜的喷泉啊!(三)我用片片相思／为你擦拭月亮／辗转过了一生　形销骨立／仍得不到你回眸的浅笑(四)由于纷纷坠地的苹果／我为你抗衡地心吸力／但我按捺不住你的汹涌／也阻挡不了——／那泛滥在季节的最初／暖暖的雪(五)你是不是偷偷驯养了一只树熊?／一只野兔?　一只刺猬?／或者你铺满朝鲜草的庭院／有一株罕见的胡姬?／嘘，我一定保守秘密(六)你跟什么人共进烛光晚餐?／你跟什么人吃过大排档早餐?／都可以对我尽情倾吐／再有什么不堪／大鸣大放也不必尴尬／让我收藏／让你遗忘(七)爱我／如同舌尖上的一枚救生圈／滑翔机将永远能在你的腹地平安降落／然后你沉沉睡去　不必半夜醒来／因为一定有／樱花盛开的消息(八)那些骗你奶水的东西／那些剥夺你睡眠的东西／那些要你一辈子牵肠挂肚的东西／通通被我逮住了!／你放心爽吧!／你放心爽吧!(九)在你的贝壳海中泡泡浴的是我／而人们都以为／薄荷仙子刚吻了你(十)伸进一条香蕉／骗出一只猴子(十一)你在我身上填梦／准备邮递给心上的人／偷窥的月亮事后透露／通篇尽是——／ZZZ　ZZZZZZ／ZZZ　ZZZZZZ／清早用胶水缄好／却不好意思寄出

(答案在本书内找)

美女與野獸

她努力的溫柔
終於使他喪失了獸性
從此卻變得索然無味

暗搥

美女与野兽

她努力的温柔／终于使他丧失了兽性／从此却变得索然无味／暗捶

無題

兒時的夢是一枚雞蛋
現在他夢見烤雞
於是傷心地哭了

无题

儿时的梦是一枚鸡蛋／现在他梦见烤鸡／于是伤心地哭了

鬼故事

咦，我的身體呢？

鬼故事　咦，／我的身体呢？

英籍病患情詩

讓我載你一起去飛翔
劃越蜜糖色的海洋
白紗巾的你　倦了嗎？
還是你正仰望天堂？

我發現女人背脊
有古老泳者的圖騰
我很想知道一直很想知道
那肩頸相連的性感地帶
可有個名堂？

（你灼灼的目光
燙傷我的臉龐
薰人的是開羅的天氣
還是你遺落在我髮上的杏仁糖霜？）

（我要你收下一定要你收下
我細心臨摹
那洞穴裡神祕的歡暢）

我把你夾進希羅多德的歷史
我把你留在暗處
（答應我你一定會回來
把我帶回老家的花園）

如果不是因為地理
或許我們不會相遇
（如果不是那個風沙星塵的晚上
或許我們之間沒有歷史）

如果我能有另一個名字
（如果地圖能有另一種說法）
或許不必有騰空的鳳凰
被烈日燃成灰燼
（或許我們可以在人間終老）
或許我們可以終老

老

請你叫醒我

英籍病患情诗

让我载你一起去飞翔／划越蜜糖色的海洋／白纱巾的你　倦了吗？／还是你正仰望天堂？／我发现女人背脊／有古老泳者的图腾／我很想知道一直很想知道／那肩颈相连的性感地带／可有个名堂？／（你灼灼的目光／烫伤我的脸庞／熏人的是开罗的天气／还是你遗落在我发上的杏仁糖霜？）／（我要你收下一定要你收下／我细心临摹／那洞穴里神秘的欢畅）／我把你夹进希罗多德的历史／我把你留在暗处／（答应我你一定会回来／把我带回老家的花园）／如果不是因为地理／或许我们不会相遇／（如果不是那个风沙星尘的晚上／或许我们之间没有历史）／如果我能有另一个名字／（如果地图能有另一种说法）／或许不必有腾空的凤凰／被烈日燃成灰烬／（或许我们可以在人间终老）／或许我们可以终老

無題

她把童貞獻給他
他竟絲毫不表感激
對於道德的淪亡
她深表憤怒

无题

她把童贞献给他／他竟丝毫不表感激／对于道德的沦亡／她深表愤怒

地鐵獨幕劇

女人在他對面座位一屁股坐下就開始化妝他看著她
熟練地打粉底畫眼線塗唇膏地鐵到終站她已變得
天仙一樣

或許因為她恬不知恥的坦白或許他目擊一個藝術
創作的過程總之他愛上了她

地铁独幕剧　女人在他对面座位一屁股坐下就开始化妆他看着她熟练地打粉底画眼线涂唇膏地铁到终站她已变得天仙一样／或许因为她恬不知耻的坦白或许他目击一个艺术创作的过程总之他爱上了她

祝福

送你一個乳房
在鋪滿苔蘚的床上煮湯
你孕育的猴子有長長的睫毛
像一道跨越士敏土的浮橋

你倒垃圾的姿態撩人
我願意苦苦等待
像山水一樣等待
像山水一樣等蟲來蛀

我知道
生命是如此不可重逢的甜蜜
一如母狗之不可言傳
迷迭香的羔羊
仍猶疑著該不該讚美上帝

送你一個乳房

祝福　送你一个乳房／在铺满苔藓的床上煮汤／你孕育的猴子有长长的睫毛／像一道跨越士敏土的浮桥／你倒垃圾的姿态撩人／我愿意苦苦等待／像山水一样等虫来蛀／我知道／生命是如此不可重逢的甜蜜／一如母狗之不可言传／迷迭香的羔羊／仍犹疑着该不该赞美上帝／送你一个乳房

時代悲劇

化驗報告說她的笑容含致癌物質
從此再也沒人敢讚她美麗

时代悲剧

化验报告说她的笑容含致癌物质／从此再也没人敢赞她美丽

母親

哺乳類天使
質地柔軟　有香味
習慣於擔憂
是夢的開始
是最初的戀

母亲

哺乳类天使／质地柔软　有香味／习惯于担忧／是梦的开始／是最初的恋

無厘頭

他在假山邂逅
一個牽掛著羊群的女孩
一頭霧水　美極麵
他被迷住了
被她用水袖一把潑醒
別管我　我是賠錢貨
剛被股票灼傷
他把她衣服剝掉
果然全身赤字
兩人造愛　姿勢錯誤　造成房子

她照例叫床　應的是椅子
對不起　我在靜坐　椅子說
鏡子看它一眼　忍不住哈哈
照得梨子身材變形
臉紅的是蘋果
惱羞成怒去搞政治
成立蘋果派

我突然想吃蛋撻
霧散了　把羊解放掉
咱們去買蛋撻吧

火車嘟嘟

真的非常難過

忘記你
為什麼這樣容易？

无厘头　他在假山邂逅／一个牵挂着羊群的女孩／一头雾水　美极面／他被迷住了／被她用水袖一把泼醒／别管我　我是赔钱货／刚被股票灼伤／他把她衣服剥掉／果然全身赤字／两人造爱　姿势错误　造成房子／她照例叫床　应的是椅子／对不起我在静坐　椅子说／镜子看它一眼　忍不住哈哈／照得梨子身材变形／脸红的是苹果／恼羞成怒去搞政治／成立苹果派／我突然想吃蛋挞／雾散了　把羊解放掉／咱们去买蛋挞吧／火车嘟嘟

真的非常难过　忘记你／为什么这样容易？

初戀

她迷失在他的眼神
三天三夜才找到回家的路
現在他知道
月亮是真的

（巾主演：一頁縲

初恋

她迷失在他的眼神／三天三夜才找到回家的路／现在他知道／月亮是真的

戲迷情人

你在做夢的時候
我在睡覺
你在夢中歡笑的時候
我在睡覺
你在夢中哭泣的時候
我在睡覺
你醒來了
我在做夢

女人城

他一腳絆到乳溝
一頭栽進另一個陰戶裡

戏迷情人　你在做梦的时候／我在睡觉／你在梦中欢笑的时候／我在睡觉／你在梦中哭泣的时候／我在睡觉／你醒来了／我在做梦

女人城　他一脚绊到乳沟／一头栽进另一个阴户里

心中的草原

在快餐店喝一杯搖乳
一群華爾滋的母牛

戀歌

她把丈夫煮熟吃掉以後
才真正體會到他的好處
於是明白了他是愛她的

感動

恋歌

感动

她把丈夫煮熟吃掉以后／才真正体会到他的好处／于是明白了他是爱她的／

斷

我決定把西瓜送給你
流浪到貓轉彎的地方
在你夢見九層糕的時候
一顆星星摔死了

我不會太過煽情
尼羅河一年才氾濫一次
若你發現信用卡被盜用
那只是我實際地想念你的方式

告別了所有咕嚕咕嚕
請勿在夜深人靜時打屁
紊亂的思緒可織成一件毛衣
失眠的話　不妨自慰

為你　我暫時停止呼吸
但我愛上了問號
天涯或許老花　未來可能很皺
生命未必有一疋布長

算了吧
解釋令我心虛

無題

又冷又濕的森林
一匹馬在手淫

断　我决定把西瓜送给你／流浪到猫转弯的地方／在你梦见九层糕的时候／一颗星星摔死了／我不会太过煽情／尼罗河一年才泛滥一次／若你发现信用卡被盗用／那只是我实际地想念你的方式／告别了所有咕噜咕噜／请勿在夜深人静时打屁／紊乱的思绪可织成一件毛衣／失眠的话　不妨自慰／为你　我暂时停止呼吸／但我爱上了问号／天涯或许老花　未来可能很皱／生命未必有一匹布长／算了吧／解释令我心虚

无题　又冷又湿的森林／一匹马在手淫

下午茶

情人

情是假的
人是真的

春之頌

這個春天我充滿毒計
要把湖鏡打爛
驚動魚水之歡
荷葉上的露珠紛紛震落
碎裂
青蛙嚇得忘記產卵
水仙無法自戀
顧影的天鵝以為被打回
原形醜小鴨
我故意不叫醒所有冬眠的動物

讓他們沒有時間追逐調情
須草草了事交媾繁殖
我要使蜘蛛都變成寡婦
用強力膠把孔雀尾巴黏住
又替刺蝟剃度
叫貓叫夏　　秋　　冬
還把雌兔通通拐賣給
花花公子俱樂部

然後我向狐狸傳教
使牠對上帝不再狐疑
頭頂出現祥和聖潔的光環
從此不好意思吃雞

然後我會大展歌喉
令喜鵲百靈黃鸝布穀杜鵑啄木鳥雲雀反舌
都為我難堪得差點從枝頭摔下
對啁啾一曲今後興味索然
我還要逼小草抽芽抽到抽筋
又嘲笑樹木說它披上的所謂「新綠」
早幾年已出現在
巴黎的時裝展銷會

我要令玫瑰落紅　牡丹失血
吊鐘木蘭百合鳶尾鳳仙芍藥豬耳忍冬毛蕊
海棠莉芹流蘇錦葵含笑鬱金香石榴
都被我訕稱患上艾滋

必須放縱這最後一季

然後我要桂花開爛
李花開爛
杏花開爛
櫻花一塌糊塗
桃花一地不可收拾
不可收拾

春之颂

这个春天我充满毒计／要把湖镜打烂／惊动鱼水之欢／荷叶上的露珠纷纷震落　碎裂／青蛙吓得忘记产卵／水仙无法自恋／顾影的天鹅以为被打回／原形丑小鸭／我故意不叫醒所有冬眠的动物／让他们没有时间追逐调情／须草草了事交媾繁殖／我要使蜘蛛都变成寡妇／用强力胶把孔雀尾巴黏住／又替刺猬剃度／叫猫叫夏秋　冬／还把雌兔通通拐卖给／花花公子俱乐部／然后我向狐狸传教／使它对上帝不再狐疑／头顶出现祥和圣洁的光环／从此不好意思吃鸡／然后我会大展歌喉／令喜鹊百灵黄鹂布谷杜鹃啄木鸟云雀反舌／都为我难堪得差点从枝头摔下／对啁啾一曲今后兴味索然／我还要逼小草抽芽抽到抽筋／又嘲笑树木说它披上的所谓『新绿』／早几年已出现在／巴黎的时装展销会／我要令玫瑰落红　牡丹失血／吊钟木兰百合鸢尾凤仙芍药猪耳忍冬毛蕊／海棠莿芹流苏锦葵含笑郁金香石榴／都被我讹称患上艾滋／必须放纵这最后一季／然后我要桂花开烂／李花开烂／杏花开烂／樱花一塌糊涂／桃花一地不可收拾／不可收拾

境界

她看破紅塵
下海伴舞

慰問書

你藏在私處養傷
夜裡捧著心肝怯怯入寢
夢不敢
晨起鏡中替死人化妝

你藏在私處養傷
要把傷養大
替你復仇

你抱怨車川　抱怨天藍

抱怨地球繼續轉
不明白為何你心的顛覆
竟颺不起人間一點塵埃

你以為我們不懂的事我們都懂
你以為獨特的經歷不過是模式的重複
恨是餿的愛
類似排泄物
記得拉水　把門帶上
手勢不妨蒼涼
給浪漫一點面子
這
就

夠
了

縱有千般好不知你好就是不好
或曾溫柔若不理你痛算是白痛
淚濕的眼瞳
或有虹彩的幻象
藍天卻正好
揚起你喧嘩的旗幟
全世界的玫瑰都會看到
全世界的玫瑰都會看到

房間

請別濫用你的想象力

慰问书

你藏在私处养伤／夜里捧着心肝怯怯入寝／梦不敢／晨起镜中替死人化妆／你藏在私处养伤／要把伤养大／替你复仇／你抱怨车川　抱怨天蓝／抱怨地球继续转／不明白为何你心的颠覆／竟扬不起人间一点尘埃／你以为我们不懂的事我们都懂／你以为独特的经历不过是模式的重复／恨是馊的爱／类似排泄物／记得拉水　把门带上／手势不妨苍凉／给浪漫一点面子／这／就／够／了／纵有千般好不知你好就是不好／或曾温柔若不理你痛算是白痛／泪湿的眼瞳／或有虹彩的幻象／蓝天却正好／扬起你喧哗的旗帜／全世界的玫瑰都会看到／全世界的玫瑰都会看到

卵教

雞拜

送你一朵豆腐花

頭風起　燕梳過　天花亂墜
到處笨豬跳
一群人打小報告　把小報告打得半死
消防車嗚嗚的趕去撲滅一個惹火尤物
令我想起你的三溫暖

一畦畦椰菜娃娃的田裡
有人裝蒜　有人栽贓　有人培養感情
再遠一點浮現著腦海
漁夫們在沙灘上晒著他們的漁網絲襪

小販在擺架子賣淫

我們可以一起等待時裝潮流
然後到動物園探望斑馬線　同時抽象
再找個歷史的陰影納涼
喝一口薪水　吃一碗電話粥
咦　或者騎匹一字馬　去熱衷一下叢林的上班族
是個好主意
趁他們趕熊市牛市時　用股票擦屁股
糟糕烤燶了　聊天黑了
快把八卦新聞貼在門檻上避邪

你陰唇半啟
道：「都唔知我噏乜。」

出人頭地

陞為主任的第二天
他就去醫院割包皮

送你一朵豆腐花　头风起　燕梳过　天花乱坠／到处笨猪跳／一群人打小报告　把小报告打得半死／消防车呜呜的赶去扑灭一个惹火尤物／令我想起你的三温暖／一畦畦椰菜娃娃的田里／有人装蒜　有人栽赃　有人培养感情／再远一点浮现着脑海／渔夫们在沙滩上晒着他们的渔网丝袜／小贩在摆架子卖淫／我们可以一起等待时装潮流／然后到动物园探望斑马线　同时抽象／再找个历史的阴影纳凉／喝一口薪水　吃一碗电话粥／咦　或者骑匹一字马　去热衷一下丛林的上班族／是个好主意／趁他们赶熊市牛市时　用股票擦屁股／糟糕烤炊了　聊天黑了／快把八卦新闻贴在门槛上避邪／你阴唇半启／道：『都唔知我嗡乜。』

出人头地　升为主任的第二天／他就去医院割包皮

負心的人

他欺騙了自己的感情

孽緣

你在每一次月圓的時候愛我
紅布一樣
在我不知所措的泅泳當中把狗打死
你是我懷的鬼胎
你是豬腸粉
你是印度

多年以後小叮噹
仍依稀記得風中母雞的心跳
應該強調一下感化院的伙食不錯

雪花膏好過西瓜霜
穿剩一件底褲了
記得去趟洗衣店
小便很黃
該多喝點白開水

孽缘　你在每一次月圆的时候爱我／红布一样／在我不知所措的泅泳当中把狗打死／你是我怀的鬼胎／你是猪肠粉／你是印度／多年以后小叮当／仍依稀记得风中母鸡的心跳／应该强调一下感化院的伙食不错／雪花膏好过西瓜霜／穿剩一件底裤了／记得去趟洗衣店／小便很黄／该多喝点白开水

疑是故人來

消息傳來你在流浪途中被汽車撞死
這時滿山的蝴蝶正靜悄悄地下蛋

又要大選了
婦女們仍採用舊式的衛生棉
並憂喜參半地等待停經的日子

我記得你躺在達法卡獅子的懷中
唸給我一首關於瞌睡蟲的詩
說你夢見

沒有可樂罐子漂浮的海洋

人們興奮地爭相走告——
原來稀釋的垃圾氣味
聞起來像古龍
大排檔吃雲吞麵吃到一隻毛蟲
變成一件令人慶幸的事
這城市總是鬧水災
大家都學會了蛙式
並開始戴潛水眼鏡上班
我準備上山去等榴蓮跌
掰開肉體的芬芳

對不起
不想念你
下輩子過馬路要小心
p/s. 切記托夢出真字

糯迺四：孚罩

疑是故人来

消息传来你在流浪途中被汽车撞死／这时满山的蝴蝶正静悄悄地下蛋／又要大选了／妇女们仍采用旧式的卫生棉／并忧喜参半地等待停经的日子／我记得你躺在达法卡狮子的怀中／念给我一首关于瞌睡虫的诗／说你梦见／没有可乐罐子漂浮的海洋／人们兴奋地争相走告——／原来稀释的垃圾气味／闻起来像古龙／大排档吃云吞面吃到一只毛虫／变成一件令人庆幸的事／这城市总是闹水灾／大家都学会了蛙式／并开始戴潜水眼镜上班／我准备上山去等榴莲跌／掰开肉体的芬芳／对不起／不想念你／下辈子过马路要小心／p/s. 切记托梦出真字

不肖子

他把父親閹掉

請記得在我睡著以前叫醒我

請記得在我睡著以前叫醒我
或許水泥層下還有蟲聲
如果兩點之間最短的距離是夢
為什麼蟒蛇還要冒險過馬路
讓蜿蜒被輾成斷句
兔子是扁的　果子狸是糊的
而蜥蜴決定下輩子要當酷吱辣

請記得在我睡著以前叫醒我
在恍恍惚惚之中
我比較容易面對
一望無際的住宅區及臭水渠
歌頌祖國的壯麗山河

沒有一盞燈等老虎回家
獅子有牙卻沒有牙蘭
鵲和鳩皆無巢可佔
在漫天盤旋著無法降落的火雞時
即使假寐也是自私的

請記得在我睡著以前叫醒我

雖然夢中
還會有水蛭　泥鰍　打架魚
和金黃的稻浪
但我知道風景不再是願意苦候的賢妻
只怕一覺醒來
我已被遺棄在
一個滿目瘡痍
而且全然陌生的星球

请记得在我睡着以前叫醒我

请记得在我睡着以前叫醒我／或许水泥层下还有虫声／如果两点之间最短的距离是梦／为什么蟒蛇还要冒险过马路／让蜿蜒被辗成断句／兔子是扁的　果子狸是糊的／而蜥蜴决定下辈子要当酷吱辣／请记得在我睡着以前叫醒我／在恍恍惚惚之中／我比较容易面对／一望无际的住宅区及臭水渠／歌颂祖国的壮丽山河／没有一盏灯等老虎回家／狮子有牙却没有牙兰／鹊和鸠皆无巢可占／在漫天盘旋着无法降落的火鸡时／即使假寐也是自私的／请记得在我睡着以前叫醒我／虽然梦中／还会有水蛭　泥鳅　打架鱼／和金黄的稻浪／但我知道风景不再是愿意苦候的贤妻／只怕一觉醒来／我已被遗弃在／一个满目疮痍／而且全然陌生的星球

小偷

悄悄的我走了
正如我悄悄的來
我揮一揮衣袖
不帶走一片雲彩

媽的窮光蛋
整間房子沒一件值錢東西
老子今天真是倒楣透頂

小偷 悄悄的我走了／正如我悄悄的来／我挥一挥衣袖／不带走一片云彩／妈的穷光蛋／整间房子没一件值钱东西／老子今天真是倒楣透顶

风景

利智

風景

利智

謎底八：保險套

演員訓練班

請假裝你捨不得我
請假裝你很難過
請假裝你難過馬路
請假裝你捨不得我同時很難過馬路
請假裝你胃痛同時捨不得我同時很難過馬路
請假裝你胃痛牙痛同時鬧肚子同時捨不得我同時很
難過馬路
請假裝真的
請真的假裝
請假裝真的假裝

請真的假裝假裝
請假裝假裝
（好了，休息半小時，同學們可以自行練習七情上臉。）

請想象你是一片雲
請想象你是一片烏雲
請想象你發出閃電　變成傾盆大雨
請想象你是一棵樹
請想象你是一棵春天的花樹開了一頭的花
請想象你是一棵秋天的果樹被纍纍的果實壓得直不起腰
請想象有人在你身上用醜陋字體刻下「阿牛愛阿花」

請想象你身上有啄木鳥不停地啄
請想象有野狗擘開大腿在你身上撒尿
（好了，休息半小時，男女同學二人一組在鐵達尼船頭扮比翼鳥狀然後：You jump, I jump）

現在大家跟著我唸：
（華語）我一見你就討厭，再看你更傷心，你要帶她走，我就跟你把命拚！
（粵語）唔該你放過我啦，我唔做大佬好耐啦。咁係吖嘛，重駛問咩。
（英語）Frankly my Dear, I don't give a damn. Go ahead, make my day.
（華語）你聽我解釋！我不聽！！你聽我解釋！

我不聽！！你聽我解釋！我不聽！！

（巫語）Abang janganlah bimbang, Adik kini di Rambutan.

（粵語）我生係你冚家嘅人，死係你冚家嘅鬼。

奶奶，你唔好逼我扯啦。嗚嗚嗚……

（英語）You talking to me? You talking to me? You talking to me?

（法語）Parce que moi je rêve, moi je ne le suis pas. Parce que je rêve, je rêve.

好了，現在所有的男同學以占士甸不羈的樣子學周潤發、史泰龍及阿諾舒華幸力加持鎗的姿態，然後以成龍的身手從椅子上跳下來。

所有的女同學以少婦淫婦貴婦蕩婦怨婦潑婦家庭主婦的身份出浴春睡煮飯揍仔澆花打毛線接電話打麻將阻街罵街然後以巾幗不讓鬚眉的姿態指揮三軍為國捐軀。

（好了，你畢業了。廣東義山就在後面，大家可自行練習不擇手段向上爬。

此外有意割眼紋眉紋身脫痣漂白換皮隆胸豐臀駁骨除脂去肋陰戶收縮陽具加大的同學，外科諮詢顧問就在門外候教。）

演员训练班　请假装你舍不得我／请假装你很难过／请假装你难过马路／请假装你舍不得我同时很难过马路／请假装你胃痛同时舍不得我同时很难过马路／请假装你胃

痛牙痛同时闹肚子同时舍不得我同时很难过马路／请假装真的／请真的假装／请假装真的假装／请真的假装假装／请假装假装／（好了，休息半小时，同学们可以自行练习七情上脸。）／请想象你是一片云／请想象你是一片乌云／请想象你发出闪电变成倾盆大雨／请想象你是一棵树／请想象你是一棵春天的花树开了一头的花／请想象你是一棵秋天的果树被累累的果实压得直不起腰／请想象有人在你身上用丑陋字体刻下『阿牛爱阿花』／请想象你身上有啄木鸟不停地啄／请想象有野狗擘开大腿在你身上撒尿／（好了，休息半小时，男女同学二人一组在铁达尼船头扮比翼鸟状然后：You jump, I jump）／现在大家跟着我念：／（华语）我一见你就讨厌，再看你更伤心，你要带她走，我就跟你把命拼！／（粤语）唔该你放过我啦，我唔做大佬好耐啦。咁系吖嘛，重驶问咩。／（英语）Frankly my Dear, I don't give a damn. Go ahead, make my day.／（华语）你听我解释！我不听！！你听我解释！我不听！！你听我解释！我不听！！／（巫语）Abang janganlah bimbang, Adik kini di Rambutan.／（粤语）我生系你冚家嘅人，死系你冚家嘅鬼。奶奶，你唔好逼我扯啦。呜呜呜……／（英语）You talking to me? You talking to me? You talking to me?／（法语）Parce que moi je rêve, moi je ne le suis pas. Parce que je rêve, je rêve.／好了，现在所有的男同学以占士甸不羁的样子学周润发、史泰龙及阿诺舒华幸力加持枪的姿态，然后以成龙的身手从椅子上跳下来。／所有的女同学以少妇淫妇贵妇荡妇怨妇泼妇家庭主妇的身份出浴春睡煮饭揍仔浇花打毛线接电话打麻将阻街骂街然后以巾帼不让须眉的姿态指挥三军为国捐躯。／

（好了，你毕业了。广东义山就在后面，大家可自行练习不择手段向上爬。／此外有意割眼纹眉纹身脱痣漂白换皮隆胸丰臀驳骨除脂去肋阴户收缩阳具加大的同学，外科咨询顾问就在门外候教。）

你還想怎樣？

當然舌頭
當然狗
當然中間有一個洞

當然車站等不到人
當然失約爽約放飛機
當然只有電話答錄機
當然白白走雞
當然手頭很緊
當然褲頭很鬆

當然交通阻塞
當然音訊杳然
當然矇查查當然嘭恰恰
當然半天吊
當然仙人跳
當然癢當然痛當然毒當然蠱當然蠢當然內有古怪
當然是假的當然是真的當然真假難分當然恨
好了
回家睡覺

你还想怎样?

当然舌头／当然狗／当然中间有一个洞／当然车站等不到人／当然失约爽约放飞机／当然只有电话答录机／当然白白走鸡／当然手头很紧／当然裤头很松／当然交通阻塞／当然音讯杳然／当然蒙查查当然嘭恰恰／当然半天吊／当然仙人跳／当然痒当然痛当然毒当然蛊当然蠢当然内有古怪当然是假的当然是真的当然真假难分当然恨／好了／回家睡觉

爽爽問一下

你猶疑魷魚？
還是狐疑狐狸？
如果你的狗比你聰明
那你會不會聽話？
如果貓和老鼠玩耍
那你還釣不釣魚？
如果豬欣賞王菲的歌

那你還吃不吃叉燒？

如果天大的挑戰你都能面對
那你夠不夠膽借我五百塊？

如果星星掉下來都會「哎喲！」一聲
你還忍不忍心許願？

如果夢的距離很遠
你會搭飛機還是打飛機

如果你吃虧了
那你還要不要來點甜品？

如果你被利用了
你還會不會質疑人的價值？

如果你被拋棄了
你會不會把自己撿回來？

沙灘要經過多少年
才能夠擺脫浪潮的糾纏？

一個人要走過多少路
才總算不是一個人？

神蹟

天使大肚了

爽爽问一下

你犹疑鱿鱼？／还是狐疑狐狸？／如果你的狗比你聪明／那你会不会听话？／如果猫和老鼠玩耍／那你还钓不钓鱼？／如果猪欣赏王菲的歌／那你还吃不吃叉烧？／如果天大的挑战你都能面对／那你够不够胆借我五百块？／如果星星掉下来都会『哎哟！』一声／你还忍不忍心许愿？／如果梦的距离很远／你会搭飞机还是打飞机／如果你吃亏了／那你还要不要来点甜品？／如果你被利用了／你还会不会质疑人的价值？／如果你被抛弃了／你会不会把自己捡回来？／沙滩要经过多少年／才能够摆脱浪潮的纠缠？／一个人要走过多少路／才总算不是一个人？

神迹　天使大肚了

借我玩一下*

沒有
而且無端地覺得　是白的
不知母雞亦可騙也
不再怕癢癢了
願上帝保佑美國女生
因為羅宋湯和沙拉是很好吃的
我們要瞭解我們這個民族
英雄的民族
讓我們平等地摸別人的鼻子

也讓別人摸
不要崴腳！
咦　鳥還有鄉音啊？
從此我就不反對塗白了
再見紫穗槐！再見大醃蘿蔔！
再見蟈蟈！

*本詩句子均取自汪曾祺先生散文集《旅食與文化》若干篇章內的最後一行句子拼綴而成。

借我玩一下*

没有／而且无端地觉得　是白的／不知母鸡亦可骗也／不再怕痒痒了／愿上帝保佑美国女生／因为罗宋汤和沙拉是很好吃的／我们要了解我们这个民族／英雄的民族／让我们平等地摸别人的鼻子／也让别人摸／不要崴脚！／咦　鸟还有乡音啊？／从此我就不反对涂白了／再见紫穗槐！再见大腌萝卜！／再见蝈蝈！

*本诗句子均取自汪曾祺先生散文集《旅食与文化》若干篇章内的最后一行句子拼缀而成。

情詩

遙望背影
他淚珠滾落
地上一朵小花以為是雨
嚐了一口，「好鹹！」
說罷就死了

情诗

遥望背影／他泪珠滚落／地上一朵小花以为是雨／尝了一口，『好咸！』／说罢就死了

天堂

當然
那裡有戲院
冷天時觀眾一人派一隻母雞抱著取暖
下了蛋就歸自己
銀幕上放映的　全是接吻鏡頭

當然
那裡不會交通阻塞
每個人都有翅膀
胖子的要特別訂造

鼻子敏感的沒有羽毛
光環每天由印尼女傭擦到亮亮

當然
那裡沒有仇恨
在凡間是敵人的
規定在此必須大被同眠
睡到冰釋前嫌為止
粗話會被空氣自動過濾
任何不友善的肢體動作
會變成翩翩舞蹈

當然

那裡沒有人吃齋
沒有人計算卡路里
沒有人顧慮膽固醇或過量煙酒
餐餐都有肥豬肉
飯後水果是榴蓮

當然
那裡無所事事
大家喜歡雲朵上圍坐聊天
說的全是廢話
既然已經在天堂了
言語就不必有意義有建設性
也可以省卻祈禱

當然
那廿四小時播放輕音樂
（就像超級市場）
想聽搖滾的就戴耳機
報章新聞都經過審查
封鎖一切會引起居民惶恐不安的消息
當然
那裡沒有理想
當然
那裡沒有夢

當然
那裡獃久了會很悶
但不必擔心
有電梯直接送你到
十八層地獄

天堂　当然／那里有戏院／冷天时观众一人派一只母鸡抱着取暖／下了蛋就归自己／银幕上放映的　全是接吻镜头／当然／那里不会交通阻塞／每个人都有翅膀／胖子的要特别订造／鼻子敏感的没有羽毛／光环每天由印尼女佣擦到亮亮／当然／那里没有仇恨／在凡间是敌人的／规定在此必须大被同眠／睡到冰释前嫌为止／粗话会被空气自动过滤／任何不友善的肢体动作／会变成翩翩舞蹈／当然／那里没有人吃斋／没有人计算卡路里／没有人顾虑胆固醇或过量烟酒／餐餐都有肥猪肉／饭后水果是榴莲／当然／那里无所事事／大家喜欢云朵上围坐聊天／说的全是废话／既然已经在天堂了／言语就不必有意义有建设性／也可以省却祈祷／当然／那里廿四小时播放轻音乐／（就像超级市场）／想听摇滚的就戴耳机／报章新闻都经过审查／封锁一切会引起居民惶恐不安的消息／当然／那里没有理想／当然／那里没有梦／当然／那里呆久了会很闷／但不必担心／有电梯直接送你到／十八层地狱

夜脚

他的一生

夢的味道像魚
魚的味道像夢

學生

孩子

學生孩子

毛蟲

如果我沒有被吃掉
我將變成一隻美麗的蝴蝶

毛虫

如果我没有被吃掉／我将变成一只美丽的蝴蝶

舊情人

天際飛過一排煮熟的鴨子
想你

旧情人

天际飞过一排煮熟的鸭子／想你

分享

梵谷把耳朵割下送給
貝多芬　於是聽到了
向日葵盛開的聲音

分享

梵谷把耳朵割下送给／贝多芬　于是听到了／向日葵盛开的声音

你不再愛我

你不再愛我
你不再拿我的底褲來嗅
你不再吞我的精液
你不再愛我

你不再在得空的時候想我
你不再在不得空的時候想我
我的名字對你不再有任何意義
我的身體對你不再有任何意義
我的悲歡對你不再有任何意義
我的夢想對你不再有任何意義

我們的過去　現在和未來
對你不再有任何意義
所有的月光　情話和咖哩雞
對你不再有任何意義

我
對你不再有任何意義
你不再愛我

為什麼你讓我上了你癮
卻不肯再繼續供應？
為什麼我們相互的愛
不會同時消失？

或許這樣一拍兩散比較容易
為什麼對我像患癌
對你只是吃一粒班納杜就好
輕微的發燒？

你讓我明白了
原來最爛的情歌最真
你讓我明白了
眼淚果然非常廉價

我在死的時候活著
只因我假裝你已死去
我在夢的時候醒著

只因你已不在夢中
你把我推出陽台
逼我呼吸冷冷的空氣
你逼我過完全不願的新生活
你給我孤單的自由
沉重的輕快

你曾經滿盈
我懵然不覺一直以來是空虛的心
現在
你留下一個洞

（喂！你他媽的留下一個洞）

你不再爱我

你不再爱我／你不再拿我的底裤来嗅／你不再吞我的精液／你不再爱我／你不再在得空的时候想我／你不再在不得空的时候想我／我的名字对你不再有任何意义／我的身体对你不再有任何意义／我的悲欢对你不再有任何意义／我的梦想对你不再有任何意义／我们的过去　现在和未来／对你不再有任何意义／所有的月光情话和咖喱鸡／对你不再有任何意义／我／对你不再有任何意义／你不再爱我／为什么你让我上了你瘾／却不肯再继续供应？／为什么我们相互的爱／不会同时消失？／或许这样一拍两散比较容易／为什么对我像患癌／对你只是吃一粒班纳杜就好／轻微的发烧？／你让我明白了／原来最烂的情歌最真／你让我明白了／眼泪果然非常廉价／我在死的时候活着／只因我假装你已死去／我在梦的时候醒着／只因你已不在梦中／你把我推出阳台／逼我呼吸冷冷的空气／你逼我过完全不愿的新生活／你给我孤单的自由／沉重的轻快／你曾经满盈／我懵然不觉一直以来是空虚的心／现在／你留下一个洞／（喂！你他妈的留下一个洞）

還好

她的夢失竊了
三日後在路邊撿回半截
被人踩得髒兮兮
要拎回家用快白洗

糯凤十一：宋

还好／她的梦失窃了／三日后在路边捡回半截／被人踩得脏兮兮／要拎回家用快白洗

以動物的方式愛我

請用牛一般溫柔的眼神看我
再給我一點貓的溫暖
狐的嫵媚
兔的遷就
蛇的糾纏
豬的親暱
羊的風騷
像小鳥一樣唱歌給我聽
並雞啄不斷般吻我
再加上一個大大的熊抱

我就會快樂地猛伸舌頭
像夏天的狗一樣

以动物的方式爱我　请用牛一般温柔的眼神看我／再给我一点猫的温暖／狐的妩媚／兔的迁就／蛇的纠缠／猪的亲昵／羊的风骚／像小鸟一样唱歌给我听／并鸡啄不断般吻我／再加上一个大大的熊抱／我就会快乐地猛伸舌头／像夏天的狗一样

小學團體旅行

報告老師

有人在風景中小便

小学团体旅行

报告老师／有人在风景中小便

無題

七七四十九天
他靈魂化身為蛾回家
被孫子一拖鞋打扁

无题

七七四十九天／他灵魂化身为蛾回家／被孙子一拖鞋打扁

詩

嘶嘶
嘶嘶嘶嘶　嘶嘶嘶
嘶嘶嘶嘶　嘶嘶嘶

嘶嘶　嘶嘶嘶　嘶嘶嘶嘶嘶嘶嘶嘶嘶
嘶嘶　嘶嘶嘶　嘶嘶嘶嘶嘶嘶嘶嘶嘶
嘶　嘶　嘶嘶嘶
嘶　嘶　嘶嘶嘶
嘶嘶　嘶嘶
嘶嘶　嘶嘶嘶嘶嘶嘶嘶嘶嘶嘶嘶

嘶嘶嘶嘶嘶嘶嘶嘶嘶嘶嘶嘶嘶嘶嘶嘶嘶嘶
嘶嘶嘶嘶嘶嘶嘶嘶嘶嘶嘶嘶嘶嘶嘶嘶嘶嘶
嘶嘶嘶嘶嘶嘶嘶嘶嘶嘶嘶嘶嘶
嘶

诗

嘶嘶/嘶嘶嘶嘶　嘶嘶嘶/嘶嘶嘶嘶　嘶嘶嘶/嘶嘶　嘶嘶嘶　嘶嘶嘶嘶嘶嘶
嘶嘶嘶/嘶嘶　嘶嘶嘶　嘶嘶嘶嘶嘶嘶嘶嘶嘶/嘶　嘶　嘶嘶嘶/嘶　嘶　嘶嘶嘶/
嘶嘶　嘶嘶/嘶嘶　嘶嘶嘶嘶嘶嘶嘶嘶嘶嘶嘶/嘶嘶嘶嘶嘶嘶嘶嘶嘶嘶嘶嘶嘶嘶嘶嘶
嘶嘶/嘶嘶嘶嘶嘶嘶嘶嘶嘶嘶嘶嘶嘶嘶嘶嘶嘶/嘶嘶嘶嘶嘶嘶嘶嘶嘶嘶嘶嘶嘶/嘶

秘密

荷包蛋

秘密　荷包蛋

八肚天

麥粥　梳打餅　咖喱卜　梅菜扣肉　馬拉盞蕹菜
油條　三燒飯　花生糊　擂沙湯圓　巧克力蛋糕
發糕　糯米雞　六味湯　海南雞飯　黑豆豬尾湯
芝士　黃薑飯　老婆餅　波波喳喳　印度羊肉湯
拉茶　紅龜粿　豆腐花　螞蟻上樹　蛋黃蓮蓉酥
米通　芋頭糕　牛雜湯　咖喱魚頭　潮州炆米粉
花捲　雲吞麵　九層糕　印度煎餅　葉子楣大包
沙爹　芝麻糊　杏仁餅　揚州炒飯　豬肉蒸水蛋
熱狗　綠豆湯　椰漿飯　南乳豬手　鹹魚煎肉餅
白飯　艇仔粥　肉骨茶　新月麵包　蓮藕雞腳湯
水餃　鹵水鴨　小籠包　亞參叻沙　薑蔥炒荳苗
燒賣　盲公餅　梘水糭　牛肉仁當　蝦仁芙蓉蛋
蝦餅　福建炒　行軍餅　炒大荳芽　江魚仔豆角
蛋撻　雲片糕　豆瓣魚　藍莓馬糞　客家釀豆腐
炸雞　白糖糕　老鼠粉　參峇臭豆　花生豬腳湯

生活

有人在月光底下睡去
有人在夢實現之前老去
有人一覺醒來
發現底褲不見了

於是我欠一屁股債
煮一煲白菓薏米腐竹糖水
偷偷寫詩
偶爾減肥

追巴士
教壞別人家小孩
罵政府貪污無能　感嘆世風日下
玩鳥
看一隻野狗嗅來嗅去
激烈爭辯某女星胸脯的虛實
為同事欠的香煙錢苦纏不休並虔誠地等待每一個
出糧的
日子

生活　有人在月光底下睡去／有人在梦实现之前老去／有人一觉醒来／发现底裤不见了／于是我欠一屁股债／煮一煲白果薏米腐竹糖水／偷偷写诗／偶尔减肥／追巴士／教坏别人家小孩／骂政府贪污无能　感叹世风日下／玩鸟／看一只野狗嗅来嗅去／激烈争辩某女星胸脯的虚实／为同事欠的香烟钱苦缠不休并虔诚地等待每一个／出粮的／日子

永遠

直到發霉
直到等不及海枯石爛
直到患上老人癡呆症
直到偉哥搞得她夜夜不得安寢
直到他找到另一個不必永遠的
直到孩子都長大了
直到月亮不再代表我的心
直到發現什麼都摻了防腐劑
直到發現枕邊躺著一個陌生人
直到她刷爆幾張信用卡

直到他在網上養了虛擬的第二頭家
直到大耳窿找上門
直到除了孩子教育外找不到共同話題
直到受不了他當眾挖鼻屎的壞習慣
直到受不了她的嘮叨
直到女方堅持要八圍酒
直到她說：「我懷孕了。」
直到廣告時間請喝××牌漂白水
直到茶涼
直到抽完一根煙
直到射精
直到眨眼

直到永遠

永远

直到发霉／直到等不及海枯石烂／直到患上老人痴呆症／直到伟哥搞得她夜夜不得安寝／直到他找到另一个不必永远的／直到孩子都长大了／直到月亮不再代表我的心／直到发现什么都掺了防腐剂／直到发现枕边躺着一个陌生人／直到她刷爆几张信用卡／直到他在网上养了虚拟的第二头家／直到大耳窿找上门／直到除了孩子教育外找不到共同话题／直到受不了他当众挖鼻屎的坏习惯／直到受不了她的唠叨／直到女方坚持要八围酒／直到她说：『我怀孕了。』／直到广告时间请喝××牌漂白水／直到茶凉／直到抽完一根烟／直到射精／直到眨眼／直到／永／远

身世

那年頭我娘還是處女
有一天上山撿柴
遇見一隻燕八哥
燕八哥唱道：
「雨伊嗚嗚雨伊嗚」
我娘應道：
「雨伊嗚嗚雨伊嗚」

那年頭我爹還是處男
有一天出海航行

遇見一尾美人魚
兩人在甲板上玩跳房子
（我爹贏！）
然後比賽繞船游泳十圈
美人魚讓九圈半
（我爹又贏！）

我仍然相信我是聖潔的產物
我仍然相信愛情
我仍然追求不可救藥的浪漫
我仍然追求一條光明的尾巴

我知道我很蠢

新春守則

小睡

不准強姦財神

身世 那年头我娘还是处女／有一天上山捡柴／遇见一只燕八哥／燕八哥唱道：／『雨伊呜呜雨伊呜』／我娘应道：／『雨伊呜呜雨伊呜』／那年头我爹还是处男／有一天出海航行／遇见一尾美人鱼／两人在甲板上玩跳房子／（我爹赢！）／然后比赛绕船游泳十圈／美人鱼让九圈半／（我爹又赢！）／我仍然相信我是圣洁的产物／我仍然相信爱情／我仍然追求不可救药的浪漫／我仍然追求一条光明的尾巴／我知道我很蠢

星星索

對不起
這個願望不由我負責

对不起／这个愿望不由我负责

我的青春小鳥

我活著的文法是過去式
小學四年級作文
題目就已經叫『童年記趣』

不是我誇口
古早可真是好日子
那年頭——
雨還不酸　河還不乾
大地很綠　天特別藍
花開都美　零嘴都好吃

那年頭——
五分錢真的大過牛車輪
窮人還吃得起江魚仔
攤販賣的雲吞麵還很大碗
建築商沒有偷工減料
阿姨的裙子也不必省布

那年頭——
交通阻塞還是新鮮名詞
阿叔還敢在大馬路踩腳車
寶寶還敢接受陌生人的糖果
晚上大門只是意思意思鎖一下
小偷還鬼鬼祟祟

小女孩放學獨自穿過膠林回家
也不怕被色狼捉去強姦

那年頭——
娘惹糕和椰漿飯是快餐
食物的附加物還唸得出名堂
每隻母雞被剮來吃之前
都快快樂樂地下過蛋
到處都是泥濘
但還沒有這麼化學的骯髒
省時省力的工具不多
但人們似乎更加得空

那年頭——
家長還不驚輸
小朋友不必一下課
又被押去補習英文鋼琴和芭蕾
當然也有盜匪
但不會猖狂到人人要在家裡坐牢
打一份工就夠養妻活兒
計程車司機不必拉保險
妓女也不必賣黑市萬字

那年頭我們還聽老師的話
還相信報章上的白紙黑字
還相信政治家

真心在為人民服務
貪污的也沒有這麼義正詞嚴
我們還相信發展一定是好事
我們都窮
都擠在人家窗口看電視
但我們有理想　我們充滿希望
我們憧憬著未來

只是當時沒料到
所謂的未來已變成豈有此理的現在

那年頭拜神不純粹為了求財
那年頭的夢還可以很不實際

傷口很快就痊癒
所有的煩惱　都是哭一頓　睡個覺
就可以忘得一乾二淨

那年頭朋友都年輕
父母還健朗
東西還分得出對錯
每一個日子都流漾著金黃
為什麼美麗小鳥
一去無影蹤
我們努力求進步
其實不過是勉強維持
越來越不堪的現狀

太陽下山明朝一樣爬上來
世界卻已變得不一樣
過去是永遠回不了的家
永遠是堅持回頭僵硬的頭

別啲娜喲喲　噢——　——
別啲娜喲喲
我沒有家
我不可以回家

別啲娜喲喲　噢——　——
別啲娜喲喲
沒有人有家

沒有人可以回家

我的青春小鸟　我活着的文法是过去式／小学四年级作文／题目就已经叫『童年记趣』／不是我夸口／古早可真是好日子／那年头——／雨还不酸　河还不干／大地很绿　天特别蓝／花开都美　零嘴都好吃／那年头——／五分钱真的大过牛车轮／穷人

还吃得起江鱼仔／摊贩卖的云吞面还很大碗／建筑商没有偷工减料／阿姨的裙子也不必省布／那年头——／交通阻塞还是新鲜名词／阿叔还敢在大马路踩脚车／宝宝还敢接受陌生人的糖果／晚上大门只是意思意思锁一下／小偷还鬼鬼祟祟／小女孩放学独自穿过胶林回家／也不怕被色狼捉去强奸／那年头——／娘惹糕和椰浆饭是快餐／食物的附加物还念得出名堂／每只母鸡被劏来吃之前／都快快乐乐地下过蛋／到处都是泥泞／但还没有这么化学的肮脏／省时省力的工具不多／但人们似乎更加得空／那年头——／家长还不惊输／小朋友不必一下课／又被押去补习英文钢琴和芭蕾／当然也有盗匪／但不会猖狂到人人要在家里坐牢／打一份工就够养妻活儿／计程车司机不必拉保险／妓女也不必卖黑市万字／那年头我们还听老师的话／还相信报章上的白纸黑字／还相信政治家／真心在为人民服务／贪污的也没有这么义正词严／我们还相信发展一定是好事／我们都穷／都挤在人家窗口看电视／但我们有理想　我们充满希望／我们憧憬着未来／只是当时没料到／所谓的未来已变成岂有此理的现在／那年头拜神不纯粹为了求财／那年头的梦还可以很不实际／伤口很快就痊愈／所有的烦恼　都是哭一顿　睡个觉／就可以忘得一干二净／那年头朋友都年轻／父母还健朗／东西还分得出对错／每一个日子都流漾着金黄／为什么美丽小鸟／一去无影踪／　我们努力求进步／其实不过是勉强维持／越来越不堪的现状／太阳下山明朝一样爬上来／世界却已变得不一样／过去是永远回不了的家／永远是坚持回头僵硬的颈／别的娜哟哟噢——　——／别的娜哟哟／我没有家／我不可以回家／别的娜哟哟　噢——　——／别的娜哟哟／没有人有家／没有人可以回家

世界末日那天

学校放假

處女貼堂

從未寫過詩的朋友，這空間是特地留給你的，
快點獻出第一次！

鳴謝

本詩集從造句到付梓到發行，有賴多位美麗人仕各種形式的慷慨。人間溫暖，假牙沒齒難忘，在此列出鼎鼎大名，以致謝忱。

小睡　李勇堅　唐彭　楊楚田　管管

阿芒多　巫月圓　林思明　呂子安　夏宇

月英妹　林邁克　黃有儉　邱瑞成　何達

練葵芳
阿　床
黃吱咔
許慾靜
李商隱
李　岩
蔡忠鴻
郭金標
費　翔
俞隆華
隱　匿
吳興元

汪永豐
梅淑貞
鄒雲冰
歐陽應霽
許蕙蓮
熊礫賓
楊雯斌
李泰祥
林通光
汪曾祺
詹正德
黃杏瑩

謝秉剛
林秀鳳
林秀玉
楊桂蓮
陳家毅
賴耀權
蔡鐘治
施教鏞
西　西
王家富
朱亞君
崔學才

姚貞堯
姚惠蘭
姚來卿
姚秀鳳
許祥賢
瘂　弦
鍾曉陽
鄭愁予
曾翎龍
土地公
王筱茵
李叔同

陳詩緣
桃莉芭頓
吳維涼
杜豆豆
莊　若
孫德俊
耳朵餅
牛　忠
徐志摩
鴻　鴻
連納柯翰

课堂练习参考答案

页码	书内用语	释义
5	查某	闽南语，女子之意
9、136	班纳杜	乙酰氨基酚片（Panadol），退烧止痛药
14	第一句	出自钟晓阳《剪发》
28	奇洛斯基	波兰电影大师奇士劳斯基（Kieslowski）
33	巴仙	% 百分比（percent）
34	第二句	改自郑愁予《错误》："我达达的马蹄是美丽的错误。"
40	巴刹	马来语pasar，菜市场
44	正文	改自痖弦《如歌的行板》："观音在远远的山上，罂粟在罂粟的田里。"
46	阿芒多	人名。假牙的一个走路常会摔跤的朋友
64	士敏土	水泥（cement）
68	美极面	Maggi，泡面品牌
79		本页内容空白是故意的（放空之意）
92	椰菜娃娃	曾经风靡全球的一种洋娃娃
93	都唔知我嗡乜	粤语，意为："不晓得我在说什么。"
98	达法卡狮子	伦敦特拉法加广场（Trafalgar）上的狮子铜像
102	酷吱辣	"哥斯拉" Godzilla的音译（日本经典的怪兽电影系列）
103	牙兰	地契
110	铁达尼	泰坦尼克号
	粤语一句	大意为："麻烦你放我一马，我不做大哥好久了。就是这样，还用问吗？"
111	巫语一句	马来语，大意为："哥哥别挂念，妹妹在红毛丹精神病院。"
	冚 kǎn	粤语用字，全部之意
	奶奶	粤语，媳妇对婆婆的称呼
	粤语一句	大意为："我生是你家的人，死是你家的鬼。婆婆，不要逼我走啊。"
	法语一句	大意为："因为我梦想，所以我不是。"为电影《里欧洛》（Léolo，1992）台词
	占士甸	詹姆士·迪恩（James Byron Dean），美国影星
	阿诺舒华幸力	阿诺德·施瓦辛格（Arnold Schwarzenegger），美国影星
112	驳骨	接骨
114	走鸡	错过
115	蒙查查	搞不清楚
	半天吊	不上不下
139	快白	洗衣剂品牌
147	八肚夭	闽南语，肚子饿之意
	老鼠粉	即米筛目，一种风行闽台东南亚等地区的米粉类小吃
149	出粮	粤语，发薪之意
151	大耳窿	地下钱庄
	八围酒	八桌酒席
158	江鱼仔	小鱼干
159	胶林	橡胶林
	食品的附加物	食品添加剂
	劏 tāng	粤语用字，宰杀之意

图书在版编目（CIP）数据

我的青春小鸟：假牙诗集 / 假牙著 .—北京：九州出版社，2016.7

ISBN 978-7-5108-4603-8

Ⅰ. ①我… Ⅱ. ①假… Ⅲ. ①诗集—中国—当代 Ⅳ. ①I227

中国版本图书馆CIP数据核字(2016)第189090号

我的青春小鸟：假牙诗集

作　　者　假　牙　著
出版发行　九州出版社
地　　址　北京市西城区阜外大街甲35号（100037）
发行电话　（010）68992190/3/5/6
网　　址　www.jiuzhoupress.com
电子信箱　jiuzhou@jiuzhoupress.com
印　　刷　北京天宇万达印刷有限公司
开　　本　900毫米×1194毫米　24开
印　　张　7.5
字　　数　42千字
版　　次　2016年9月第1版
印　　次　2016年9月第1次印刷
书　　号　ISBN 978-7-5108-4603-8
定　　价　42.00元